Der schöne Ritter

Wilhelm Busch

»Heut' werden s' schauen. Alles echt und sitzt famos.«

»Ah, da schaut's her, den Ritter; aber der is schön!«

»Der verflixte Harnisch, wenn er nur net so drucket!«

Erholung im Seitenkabinett.

Ritterliche Großmut, welche sich zwei plebejische Masken sehr zu Nutze machen.

Die Kerls werden unverschämt.

Es kommt zum Kampfe.

Der plebejischen Taktik gegenüber erweist sich der Harnisch in mancher Hinsicht als
unzulänglich.

Amorette (sich demaskierend): »Ich erlaube mir, Ihnen bei dieser Gelegenheit Ihre Schneiderrechnung zu überreichen.«

Unser schöner Ritter gewinnt eine Droschke, wobei er nachdrücklichst unterstützt wird.

»Kreuz Dunnerwetter, wenn ich nur die verfluchte Schnalle aufbrächt'; ich kann mich ja
doch nicht mit dem Harnisch ins Bett legen!«

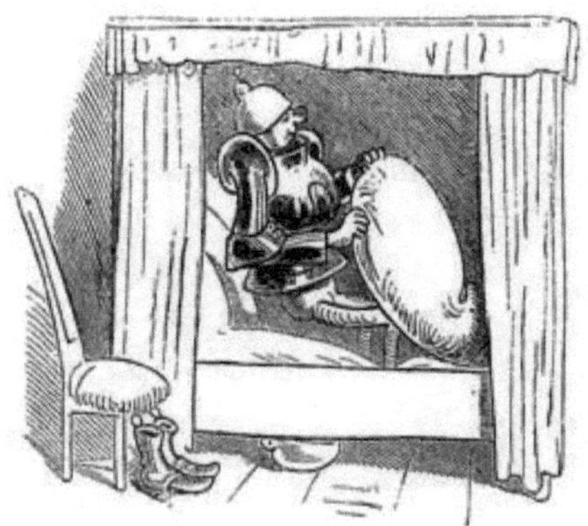

»Das wird eine schöne Nacht werden mit dem kalten, harten, engen, eisernen Bettjankerl!«

»Kracks, da haben wir's!«

»Ja, gnä' Herr, was haben denn Sie heut' nacht angefangen?!«

»O liebe Moni, helfen S' mir doch um Gottes willen, daß ich das Ding vom Leib krieg'!«

»Malefizgelump, marsch!«

Schmerzliche Vergißmeinnicht!

»Nie und nimmermehr!!«